A Richard Thompson—
que para mí es un tipo grande

Impreso en Singapur
Encuadernación reforzada
Edición primera en español, noviembre 2015
10 9 8 7 6 5 4 3 2 1
F850-6835-5-15196

Library of Congress Cataloging-in-Publication Data

Willems, Mo, author, illustrator.
 [A big guy took my ball! Spanish.]
 ¡Un tipo grande se llevó mi pelota! / por Mo Willems ; adaptado al espanol por F. Isabel Campoy.
    pages cm
 "Un libro de Elefante y Cerdita."
 Summary: Piggie is upset because a whale took the ball she found, but Gerald finds a solution that pleases all of them.
 ISBN 978-1-4847-2285-5
 [1. Elephants—Fiction. 2. Pigs—Fiction. 3. Whales—Fiction. 4. Animals—Fiction. 5. Friendship—Fiction. 6. Play—
Fiction. 7. Spanish language materials.] I. Campoy, F. Isabel, translator. II. Title.
 PZ73.W56495 2015
 [E]—dc23   2014042733

Le invitamos a visitar www.hyperionbooksforchildren.com y
www.pigeonpresents.com

This title won a 2014 Theodor Seuss Geisel Award
Honor for the English U.S. Edition published by
Hyperion Books for Children, an imprint of the
Disney Book Group, in the previous year in 2013.

Un libro de ELEFANTE y CERDITA

Hyperion Books for Children
New York
AN IMPRINT OF DISNEY BOOK GROUP

por Mo Willems

adaptado al español por
F. Isabel Campoy

¡Encontré una pelota grande,

y fue *tan* divertido!

Y entonces llegó un tipo grande—

LLEVÓ PELOTA!

11

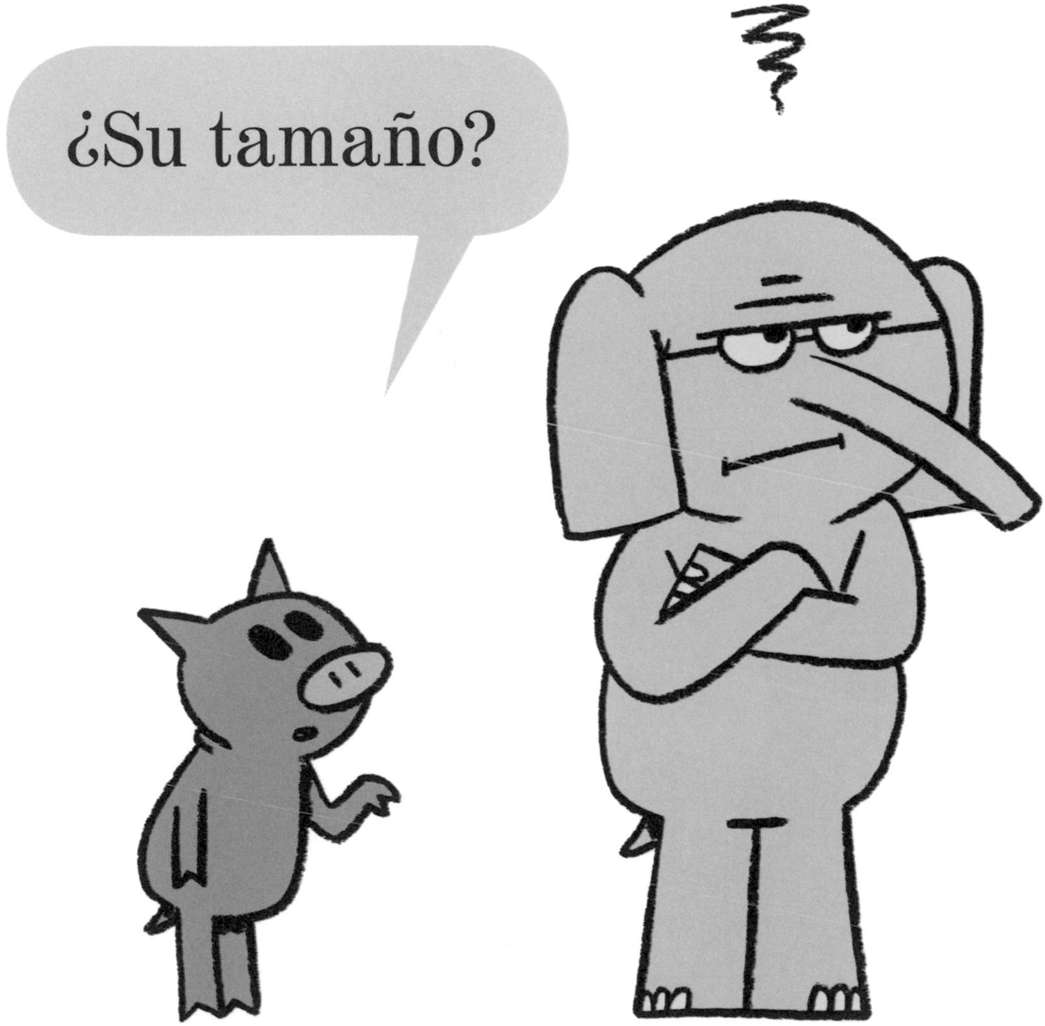
¿Su tamaño?

¡Mi héroe!

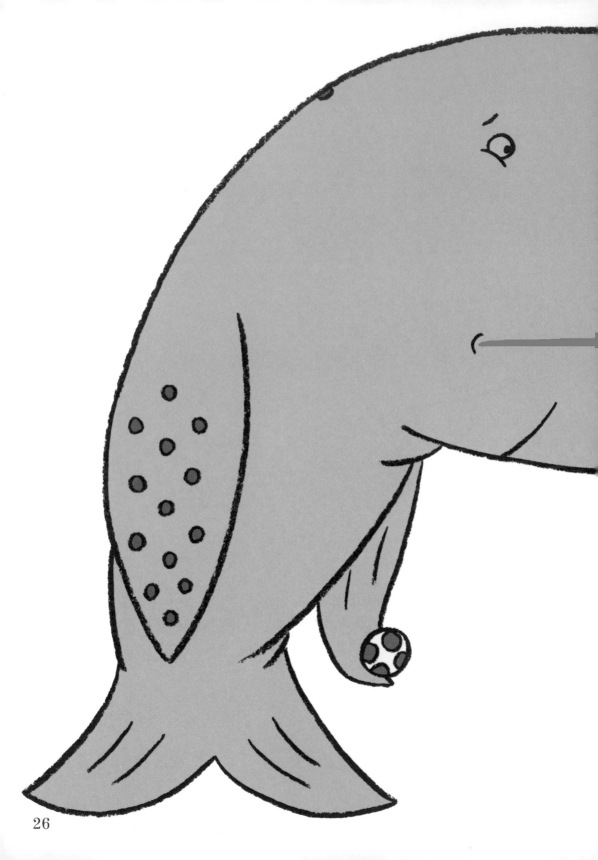

¡PERD

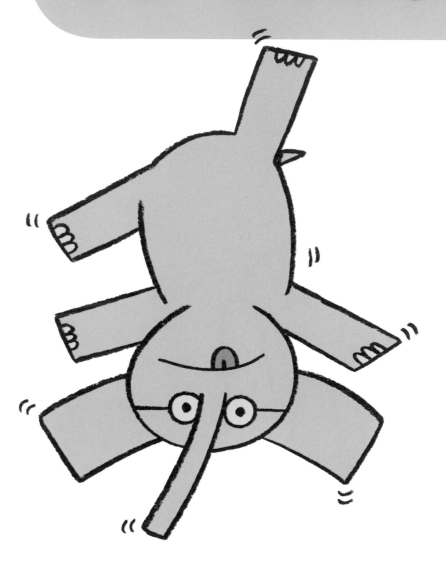

ÓN!

GRACIAS POR ENCONTRAR MI PELOTITA.

43

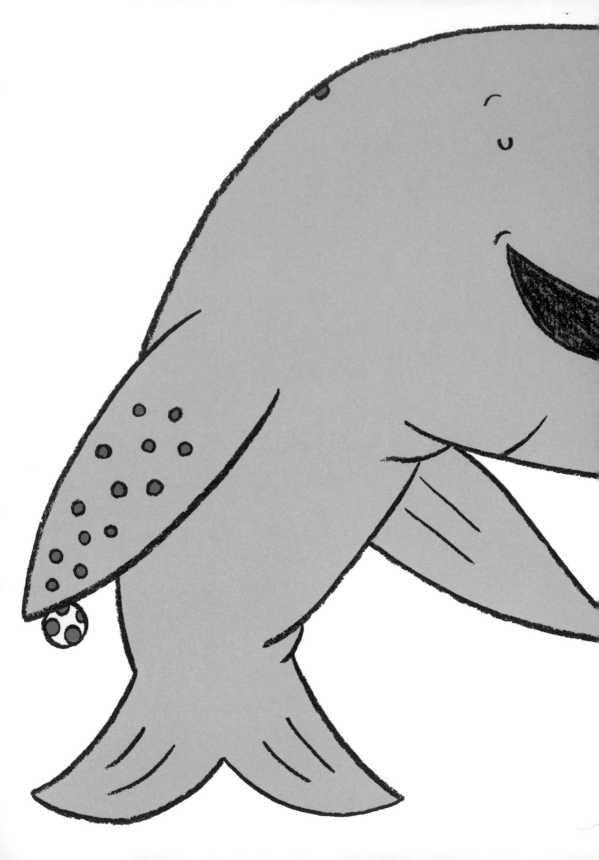

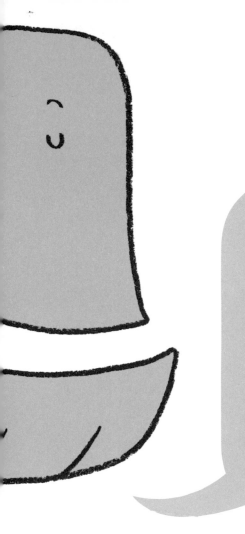

BUENO,
YO SOY
GRANDE.

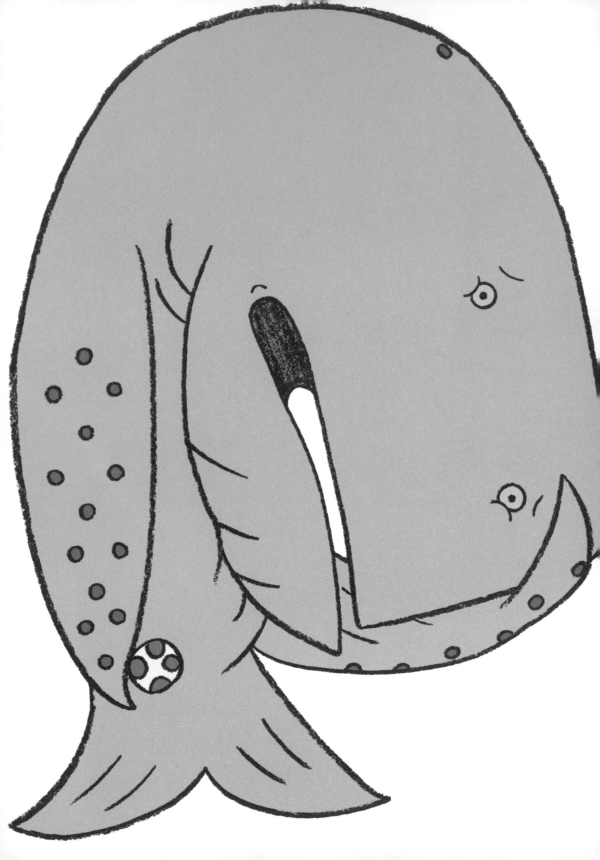

TAN GRANDE
QUE NADIE
QUIERE
JUGAR
CONMIGO.

LOS TIPOS PEQUEÑOS
SON LOS QUE *MÁS* SE
DIVIERTEN.

¿QUÉ ES "PELOTA BALLENA"?

¡No sabemos!

¡Todavía no lo hemos inventado!